館野豊句集

toki no kage

Tateno Yutaka

# 時の影

ふらんす堂

時の影＊目次

# 句集　時の影

# I

# 二〇一一年〜二〇一四年

一月や磯の鳥居へ波しぶき

きさらぎや逆光に波立ち上がり

稜線のざわざわ芽吹く国境
さへづりや天心へ雲うすれつつ

土牢の千年の冷え鳥雲に

諸草の雨をとばして青嵐

島ぢゆうの木が鳴つてゐる初伏かな

合流の水の揉みあふ晩夏かな

竹伐つてこだまさまよふ平家谷

風呂吹や火除の護符の新しき

月光のおよぶかぎりの雪景色

水底の石の眠りに初日さす

鏡中の闇を振り向く余寒かな

梅雨晴や艀の屋根の風見鶏

炎天の峡に太古の海のあと

うすうすと水に鯉の緋大暑なり

指笛の不意に音出て大花野

教室に迷ふ昼の蛾秋時雨

雨だれに月さしてゐる鉦叩

うす靄の底に波照る浮寝鳥

ちりぢりの雲に海の日漱石忌

猫呼べば小さく応へ枇杷の花

しろがねの滝落つ春の雪のなか
花散つて水の遅速にしたがへり

木洩日を乱して鳥の交るなり

灯籠のうしろの闇を翅音過ぐ

鳥影のほかは青空休暇果つ

空港も湾岸の灯も十三夜

真つ向に灘の落日冬かもめ

オリオンを横切る灯あり聖夜なり

さざなみを見て雲を見て寒鴉

一月や入江の紺の揺れやまず

小寒や干菓子を包む紙の綺羅

春暁の水飲み干して四肢覚ます

明け方の道まだ濡れて卒業す

こらへては鳶流さるる青嵐

夏蝶のあはあは睦む水の上

降るとなき雨のまつはる羽抜鶏

火取虫離れぬ雨の楽屋口

寺町に隣る花町毛虫焼く

涼新た古書店街の雨後の灯も

海峡の闇をゐぐりて寒怒濤

枯蔓を引いて遊べり山鴉

着膨れて大水槽の魚群見る

あかつきの夢混沌として寒し

# Ⅱ

# 二〇一五年〜二〇一六年

草萌やおもひおもひに画架を据ゑ

チューリップ心さざくれだつ朝も

切岸のくらがりを抱きすひかづら
それぞれの丈に夕風白菖蒲

青簾太平洋の風通ふ

月光に溺れて草のかたつむり

暁闇に目を開けて秋立つ日なり
進むとも見えで進みぬ踊の輪

ひよろひよろとカンナ吹かるる司祭館

土砂降りのあとの木洩日穴惑

十月二日

葡萄棚かつと三森鉄治亡き

たましひのはばたき聴かん秋の空

秋麗の嶺々の見送る魂ひとつ

その声にその面影に秋気満つ

鉄治の星か雨空に澄む星は

たましひに羽あらばこの秋の蝶

漆黒の蝶秋空へ消えしまま

冬霞地の声を聴きとめし人

天上のまなざし永久に冬深空

冬日和集まつてもう一人待つ

短日や廃船を焚く炎立ち

冬ざれや暗渠のやうな鯉の口

遠雲の巡礼に似て花八つ手

石蕗咲くや暮天にまがふ空のいろ

冬晴の山河武器なき平和こそ

尾はべつの夢見て除夜の猫ねむる

それぞれの飾り吹かれて舟溜

安房上総染めて没る日や梅二月

水底の静けさ満ちて大試験

銀座四丁目春雷の遠きまま

あたたかや手を振つて舟すれちがふ

人の黙みづうみの黙遅日なり

みづうみの闇ひたひたと山桜

潮錆びの棕櫚鳴りやまず更衣

やや傾ぎ電車止まりぬ新樹光

ナナフシの四葩の藍を踏まへたる

一山のみどり揉みあふ梅雨入かな

荒磯の空軋ませて南吹く

日盛やビル解体の砂塵立ち

源流の風と育ちて青胡桃

山百合へ乳母車から手を伸ばす

秋澄むや一枚岩を橋として

暮れぎはの水に火の色蛇笏の忌

併走し交差し鉄路冬日和

魂乗せて来し鳥ならむ冬がすみ

山国の寒気飛行機雲の弧も

# Ⅲ　二〇一七年

小寒や未明の地震に目をひらき

黎明や寒気真水のやうに満ち

春を待つ海峡に青せめぎあひ
花ミモザ少し迷ひて傘ひらく

花冷の街をつらぬく直路あり

太陽と雲すれちがふ植田かな

稜線に雲退きて端午なり

老鶯や木洩日朴の高みより

牡丹見る水晶体のやや濁り

朝日さす青鬼灯に雨の粒

日盛の千の白波城ケ島

潮引きて蟹求愛の鋏挙ぐ

白雨来る磯に根づきし草叩き

藁屋根に育つ荒草雲の峰

外国人墓地に風立つ青芭蕉

日盛の墓碑横浜に死すとのみ

黒揚羽監視カメラの視野よぎる

遠雷や羽ふるはせて蝶つるみ

夏蝶の力尽きたるごと草に
空蟬の羽化を怖るるかたちとも

広島忌河口に夜の潮満ち

目礼を車窓に返し涼新た

耳澄ますときは目を閉ぢ秋の声

日没のあとの雲燃え葉鶏頭

海原の涯は弧をなす秋つばめ

濡れそぼつ花を離れず秋の蜂

秋草に据ゑ南極の石といふ

野分吹く隆起浸食経し磯に

すさまじや地震がつなぎし海と湖

山門に極彩の龍そぞろ寒

雨だれにおどろく草や冬隣

短日の風つかまんと枝しなふ

大根干す風の岬の日を恃み

ゆらゆらと水面に日あり冬紅葉

崖寒し蔓とも根ともなく吹かれ

猫鳴いて冬満月の蝕すすむ

雪を掻く駅員の背に朝日さす

出港を告げて鐘鳴るクリスマス

青空に声を飛ばして年用意

# Ⅳ 二〇一八年

三月一日

吹き荒れしあとの春空直人逝く

夕映は鎮魂のいろ春北風

桃の芽の暮れてさだまる甲斐の闇

春浅し源流をさすはばたきも

湖の沖まだ暮れず欅の芽

伐採と決まりたる巨樹霾ぐもり

川幅をあふるる風や鳥の恋

春の海伸びて少女の靴濡らす

国原をわたる日照雨や梨の花

指笛に指笛応へ山若葉

殉教碑抱きて山の滴れり

夏草の果てに雲とも遠嶺とも

黒南風や予兆のごとく鳥騒ぎ

炎天の水惜しみなく甕洗ふ

夏鴉魔王のごとく羽ひろぐ
躲すすべなくて西日に真向かへり

潮満ちて雲満ちて夏期休暇果つ

秋澄みて諸草乾く音すなり

ビルの間に稲荷の狐十三夜

日を伝ひ風を伝ひて冬の蝶

帽子から鳩や兎や冬うらら

葡萄棚抜けて墓まで冬日和

木の葉降る異国の僧の黄衣にも

切つ尖に雪置く嶺や神の留守

大木の幹に耳当て冬休み

足音に飛び出す鳩や枯葎

雨音のいつか本降り年忘

冬深し類人猿の眼が憂ふ

梁に山犬の護符雪しまく

寸前に電車を躱し寒鴉

# V

# 二〇一九年

曙光まだ大地を染めず初鴉

忌明けなき地あり海あり冴返る

さへづりや護岸に乾く水位標

東京の日にぬくもりて蝌蚪の紐

頂へはばたくさまに雪残る

晩春の鶏鳴どこか焦げくさし

みな帰りたる校庭の花吹雪

夏つばめ水平線へ空傾ぎ

上がりてはまた降りしきる夏館

花合歓や落ちては育つ雨雫

鉄路尽き潮路はじまる雲の峰

コスモスや土嚢積まれしまま乾き

沖波に嵐の気配昼の虫

秋暑しひとの選ばぬ句を選び

吹抜けにひびく人声秋はじめ

旧渋民村十字路を秋の風

巨樹の根の奈落にとどく秋の暮

命噴くやうに樹の瘤そぞろ寒

空を抱くかたちあらはれ銀杏散る

行く秋の灘に日の道雲の道

山々の魂の相寄る冬隣

冬めくや波砕けては風を生み

夕空の燠しづまりて冬鷗

満ち潮にたわむ運河や冬鴉

初雪や郵便局に未明の灯

雪吊のしづかに天を支へをり

荒草をうるほす雨や一葉忌

冬館おもひおもひに楽器提げ

山々の眠りても耳敏からむ
相模野の果ての海山年暮るる

# Ⅵ

# 二〇二〇年

檻の鷲青空の鳶寒明くる

風を追ふ豹のまなざし冴返る

解体の重機休まず春霙

鳥雲にふたたびかへす砂時計

四肢反らす東京タワー鳥雲に

桜東風はじめて海を見る犬に

鶏鳴の一羽は遠し花の昼

風に乗る蜜蜂金の花粉つけ

不意の黙埋めて暮春の雨の音

川押して風さかのぼる麦の秋

草に木に卯月曇の波ひびく

すこし跳びすこし考へ鴉の子

遮断機の遠き明滅谷若葉

新緑やぶつかりあつて水下り

冴して濤とどろけり今年竹

雨雲の南は透きて花蜜柑

祀られて青葉の下の屋敷神

短夜や異郷に迷ふ夢をまた

雲ひとつ島影ひとつ明易し
月の出や青蘆原に風沈み

半島の稜線幾重梅雨ぐもり

七月四日
逝く父の呼びしか梅雨の闇に覚め

父の魂朝涼に世を離れけむ
なきがらも雨聴くごとし夏の暁

橋脚を打つて潮差す朝曇

白波の見えて音なき油照

旱天の白雲風に遅れしか
松原の日の斑動かず夏の果

白雲を追ひ遠泳の生徒たち

廃駅に空襲の痕蟬時雨

暮るるまで早瀬またたく初秋かな

爽やかや光の午前風の午後

嵐来る前の明るさ新松子

底紅や輝きながら雲崩れ

振返る猫に瑠璃の眼そぞろ寒

末枯や同じ模様の猫二匹

漆黒の犬に甲斐の名雪催

寒林に諸鳥こゑを惜しまざる

総領事館寒天に半旗鳴り

# Ⅶ

# 二〇二一年

待春やまどろむ猫に草の影

放課後の空へ口笛日脚伸ぶ

明け方の雲騒然と雪解川

風の息地の息合ひて野火走る

海苔篊や干満いつか入れ替り

虚空鳴り木々鳴り尾根の冴返る

逸るともこらへゐるとも桜の芽

さきがけの雨粒弾け蘆の角

永き日や品川宿の海の音

ランチ終へ黄沙の街へ扉押す

荒磯の雨をくぐりて初つばめ

夏近し嵐のあとの闇匂ひ

海風にたわむ雨脚夏に入る

茉莉花の燦々と雨弾くなり

せせらぎは大河の序章今年竹

万緑の八方に雲重畳す

雨止んで青葦原に雛のこゑ

伏す草に睦む夏鴨豪雨あと

紅薔薇の炎のふちの朽ちはじむ

橋梁に育ちて空へ燕の子

旅終へしやうに雲透く夏木立

水打つて住職風を見てゐたり

病葉の鳥の骸のごとく地に

日ざらしのコンテナの錆土用凪

単線に眠りては覚め盆休み

洋館の玻璃に秋暑の街歪む

爽やかや虚空に遊ぶ猫の尾も

新涼や月列島の弧を照らし

天上の風に呼ばれて秋つばめ

せせらぎの源知らず雁渡し

ジョーカーが行つたり来たり夜長なり

暁闇を抜けてかがやく鰯雲

秋の日の莞爾と街に川波に
秋の空波郷渡りし橋渡り

山茶花やゆつくり乾くよべの雨

寒月や盛り上がりては海崩れ

冬銀河楸邨の旅つづくらむ

冬凪の埠頭働く音に満ち

# Ⅷ

# 二〇二二年

ももんがの巣穴まつ暗凍ゆるむ

諸鳥のひたと静まる多喜二の忌

非攻説く墨子尊し青き踏む

友の国師の国甲斐を春の風

さへづりや絵巻のやうに大河照り

はるかなるものへ鳶鳴く木の芽晴

校庭に昼の鶏鳴黄沙降る

清明の風に仔犬の夢つづく

背に翼生えてきさうな日永なり

水の香に眼を閉ぢて春惜しむなり

麦秋や石蹴りながら下校の子

薫風や賢者のごとく樹々聳え

とんぼ生れ水面の風を奪ひ合ふ

青空の鼓動を伝へ今年竹

つんつんと荒草の丈梅雨の蝶

航跡のたちまちはるか南吹く

大南風動物園の空が揺れ
炎帝を負ひて沈思の印度象

猿の檻かすめ青筋揚羽過ぐ

鳶眩し灼かれて上る風を得て

鞣されしやうに河凪ぐ大西日

沸々と雲滾るなり広島忌

逆上がりあきらめぬ子よ秋高し

豊年や雲はればれと沖をさし

鈴鳴らすやうに鬼灯揺れやまず

鳥渡る太陽を追ひ風を追ひ

いぼむしり水平線を背に怒る

箱舟のやうな島影小鳥来る

青北風や海食崖に怒濤散り

砂浜に重機の轍秋ついり

月明の相模野に露生れ合ふ

廃線に靡き秋草猛々し

露草や流星群の一夜明け

石たたき一羽誘ひ一羽追ひ

秋寒く鴉の嘴に鉄の艶

冬帝の息全山の木を鳴らす

木から木へ栗鼠跳ぶ落葉日和かな

水鳥や暁光雨のかなたより

鳴く鳥に白湯のぬくみの冬日さす

枯山に響きて水の休まざる

南中の日輪淡し冬かもめ

火の山を染めて日の没る寒牡丹

梟や鎮守の森の木霊呼び

雪催山彦も耳澄ますらむ

あとがき

『時の影』は、『夏の岸』『風の本』につづく第三句集になる。二〇一一年から二〇二三年までの三一一句を収めた。

句稿を整理しつつこの十年余りを振り返ると、多くの方々の力を借りて句作を続けることができたことを感じる。

上梓に当たっては今回もふらんす堂のお世話になった。思えば、ふらんす堂との縁を結んでくれたのも三森鉄治さんだった。

力をくださった皆さんに改めてお礼申し上げます。

二〇二三年四月

舘野　豊

著者略歴

舘野　豊（たての・ゆたか）

1955年７月横浜生
1976年　「雲母」入会
1993年　「白露」創刊とともに入会　のちに同人
1998年　第二回白露評論賞受賞
2002年　第一句集『夏の岸』刊
2011年　第六回白露評論賞受賞
　　　　第二句集『風の本』刊
2013年　「郭公」創刊とともに同人
2019年　評論集『地の声　風の声 —— 形成と成熟』刊

現　在　NHK学園俳句講座専任講師

現住所　〒236-0044　神奈川県横浜市金沢区高舟台2-32-10

句集　時の影　ときのかげ

二〇二三年八月二六日　初版発行

著　者――舘野　豊

発行人――山岡喜美子

発行所――ふらんす堂

〒182-0002 東京都調布市仙川町一―一五―三八―二F

電　話――〇三（三三二六）九〇六一　FAX〇三（三三二六）六九一九

ホームページ http://furansudo.com/　E-mail info@furansudo.com

振　替――〇〇一七〇―一―一八四一七三

装　幀――和　兎

印刷所――日本ハイコム㈱

製本所――㈱松岳社

定　価――本体二七〇〇円＋税

ISBN978-4-7814-1584-0　C0092　¥2700E

乱丁・落丁本はお取替えいたします。